Para mi hermana Bec, que es magnífica. Siempre te querré —L. R.

Para Laura Roberts —B. M.

Título original: LITTLE RED READING HOOD
Edición original de Macmillan Children's Books

© del texto: Lucy Rowland, 2018
© de las ilustraciones: Ben Mantle, 2018
© MAEVA EDICIONES, 2018
Benito Castro, 6
28028 MADRID
www.maevayoung.es

ISBN: 978-84-17108-29-8
Depósito legal: M-28.582-2017

Traducción: Marta Ansón Balmesada, 2018
Adaptación de cubierta: Gráficas 4
Impreso en China

Escrito por
Lucy Rowland

Ilustrado por
Ben Mantle

La Caperucita lectora

MAEVA young

Siempre, en cualquier rincón, hecha un ovillo,
a Caperucita lectora le chifla leer un libro.
Lee en el porche. Lee en la bañera.
Lee por las noches, a la luz de una vela.
Entre página y página, a veces cabecea
y sueña con la historia de una princesa guerrera.

Un día su mamá le dijo un poco enfadada:
—¡Caperuza, la fecha de este libro está caducada!
Devuélvelo a la biblioteca ahora.
Pero antes escúchame bien, Caperucita lectora...

—Por el bosque, has de ir con cuidado.

—Sí, mamá —contestó la niña—. No me entretendré
demasiado.

Hacía un día muy soleado
y el camino del bosque
estaba despejado,
pero de pronto a Caperucita
le ocurrió algo inesperado.

Como salido de la nada, apareció un lobo de repente.

—¿Adónde vas con ese libro, Caperuza? —le preguntó bruscamente.

—A la biblioteca —contestó ella, un poco temerosa.

Ajá, pensó el lobo, y puso su sonrisa maliciosa.

Al lobo se le hacía la boca agua al pensar
   que ese día a Caperucita se iba a zampar.
Y se dijo: «Parece realmente apetitosa.
Después de comérmela, leeré el libro
   y alimentaré mi mente curiosa».

MÁS ÁRBOLES

BIBLIOTECA

El lobo ya había trazado su plan.

Miró a la niña y le preguntó sonriendo:

—Pero ¿no te apetece quedarte un ratito por aquí leyendo?

Para Caperucita era una tentación.
El libro es TAN bueno, pensó,
que rápidamente se convenció
y en ese trecho del camino se salió.
«Solo un ratito», se dijo
cuando empezó a leer el primer trocito.

Mientras ¡el lobo echó a correr
como una exhalación!

BIBLIOTECA

Pero los libros poseen extraños poderes
y no siempre lees el tiempo que tú quieres.
Caperucita seguía en la lectura tan
concentrada que se le pasó
el tiempo como si nada.

Mientras tanto, en la biblioteca,
   el muy bestia del lobo
había secuestrado a doña Enriqueta.

Se había puesto sus gafas
   y también su blusón.
Y se dijo a sí mismo:
   «¡Caperucita se va a llevar un sorpresón!».

Al rato llamaron a la puerta.
—Entra, entra, Caperucita —dijo el lobo, que estaba alerta.

Caperucita dejó el libro sobre la mesa
y miró al lobo con sorpresa.

—¿Se encuentra bien hoy, doña Enriqueta? —preguntó—.
La veo rara. ¿No será ese blusón que le aprieta?

–¡Oh! ¡Y qué ojos tan grandes tiene! —exclamó.
A lo que el lobo contestó con malicia:
–Sí, para leer son una verdadera delicia.

Caperucita continuó:
—¡Y esas orejas peludas!

¿¡Y ese olor tan apestoso!? —siguió,
porque le pareció muy sospechoso.

El lobo se quitó la careta y SALTÓ
de la silla de doña Enriqueta.
—¡BASTA ya! —gritó—. Tengo hambre
y quiero irme de esta biblioteca.

—¡A ella no te la puedes comer! —Doña Enriqueta lloraba.
Había logrado salir del armario en el que estaba encerrada.

Entonces dijo: —Ese sería un final de lo menos original.
Lo hemos leído mil veces, siempre acaba el cuento igual.
¿Que el lobo se come a la niña? Tu imaginación está fatal.

—¿Cómo? —contestó el lobo compungido—.
Pero ¿qué os habéis creído?
¡Los lobos somos los malos!
Mira, Caperucita,
en mi libro lo he leído.

¡EL LOBO SE COMIÓ A LA NIÑA DE UN BOCADO!

¡JA, JA, JA, JA!

Ella se sentó sin miedo junto al lobo y le explicó:
—Puedes terminar los cuentos como quieras.
¿Que no te gusta un final?
Pues cámbialo, ¿a qué esperas?
Corta por aquí, añade por allá.

Y brotando de la tierra, la habichuela empezó a crecer.
—¡Adelante! —gritó Blancanieves—. ¡Vamos a explorar!

—Ahora a volar —le dijo Peter Pan a Hansel y Gretel, mientras sobre ellos esparcía polvos mágicos.

De vuelta en su castillo, en el fondo del mar, la Sirenita invitó al lobo a merendar.

Aladino retrocedió de un salto, gritando. ¡Su hada madrina estaba saliendo de la lámpara!

—¿Que escriba yo mi cuento?
El lobo se quedó pensativo un momento.
—Es cierto, estoy harto, ¡a todos siempre ahuyento!
Abrió un libro de unos duendes zapateros
y buscó entre las estanterías con esmero.

—¡Lo encontré! —exclamó,
y dio unos saltitos.
Tomó prestado el cuento
de los tres cerditos.

Caperucita volvió a casa
dando un paseo.
La luz de la luna iluminaba
el sendero.

Esa noche se fue con un libro a la cama.

Y soñó con dragones y con príncipes rana.

No es bueno que una niña se salga del camino.

Excepto si con ello el malo de la historia cambia su destino.